Le petit lapin malin

Un conte du Cambodge raconté par Robert Giraud
Illustré par Vanessa Gautier

À Aurélie, Guy et Félix !
V. G.

Père Castor • Flammarion

ISBN : 978-2-0812-2213-7 – ISSN : 1768-2061

Un jeune lapin aimait bien
venir jouer au bord du lac,
dans l'ombre d'un grand arbre.

Il courait après les papillons
et se roulait dans l'herbe tendre.

Mais un jour, des hommes vinrent
et abattirent l’arbre
pour se fabriquer une pirogue.

Il ne resta de l’arbre qu’une souche bien lisse,
où apparurent des gouttes de résine dorée.

Le petit lapin se dit que la souche serait un endroit commode pour se reposer.

Il y grimpa d'un bond et s'y installa.

Un peu plus tard, le petit lapin en eut assez d'être assis
et essaya de se relever.
Mais pas moyen de détacher son derrière !
Il prit peur. Il se voyait déjà condamné à mourir sur cette souche,
sans pouvoir aller manger de l'herbe ni boire de l'eau du lac.

Cependant, le petit lapin n'était pas du genre à se laisser abattre.
Il se dit qu'il devait réfléchir et qu'ainsi il trouverait peut-être une solution.
Il ferma même les yeux pour que ne pas être dérangé
par les oiseaux multicolores qui voletaient tout autour.

Le petit lapin fut tiré de ses réflexions par un grand bruit.
C'était un gros éléphant qui se dirigeait vers le lac
en faisant craquer les branches et en écrasant les buissons.
Il faisait très chaud et l'éléphant avait très soif.

Le petit lapin interpella l'énorme animal :
– Je t'interdis de boire cette eau, éléphant !
Elle est à moi et à moi seul !

Sans prêter la moindre attention au lapin,
l'éléphant plongea sa trompe dans l'eau.

– Dis donc, toi, s'énerva le petit lapin,
tu ne comprends pas ce que je te dis ?
Si je suis planté sur cette souche,
c'est pour empêcher les animaux
de venir boire mon eau sans ma permission.

Indifférent à ses paroles,
l'éléphant continuait à pomper l'eau
avec sa trompe.

Le lapin se fâcha et cria,
en faisant de grands gestes
de ses pattes de devant :
– Si tu ne m'obéis pas, j'arracherai ta trompe
et je casserai tes défenses !
Tu m'entends ? Va-t-en tout de suite !

L'éléphant éclata de rire et,
comme il avait assez bu,
il commença à s'asperger d'eau avec sa trompe.
– Il n'y a pas de quoi rire, insista le petit lapin.
Tu riras moins quand je t'aurai
arraché la trompe et cassé les défenses !

L'éléphant s'approcha du lapin
et lui jeta un regard méprisant :
– Tu n'es qu'un bavard et un vantard !
Si je te marche dessus, je te réduirai en bouillie.
– C'est moi qui vais te réduire en bouillie,
si tu continues, répliqua le petit lapin.

Alors, l'éléphant allongea sa trompe,
souleva le petit lapin et l'expédia dans l'herbe.
– Allez, décampe ! lui cria-t-il.
Et à l'avenir ne dis plus de bêtise !

Trop content d'avoir retrouvé sa liberté,
le petit lapin se mit à danser autour de la souche.
Il n'avait même pas vu que sa queue y était restée collée !

Quant à l'éléphant, sans plus lui prêter attention,
il repartit dans la forêt.

Et c'est depuis ce temps-là
que les lapins ont une toute petite queue.

IME, Baume-les-Dames - 04-2009 - Dépôt légal : mai 2009
Éditions Flammarion (n° L.OEJDN000319), 87 quai Panhard et Levassor, 75647 Paris Cedex 13.
Loi n°49-956 du 16 juillet 1949 sur les publications destinées à la jeunesse